我爱这残损的世界

海桑 著

上海文艺出版社

果麦文化　出品

与万物恋爱

问：如今，还爱得动吗？

答：现在，与万物恋爱。

问，是半开玩笑的；答，是认认真真的。

与万物恋爱，恐怕是这样的。而当我说起万物的时候，更愿意将数不尽的物物事事，一一地全都列举出来。比如一棵歪倒的枫杨，一朵无心的白云，一粒放进嘴里的豌豆，一个充满疑惑的思想，以及缺口的墙垛，弄脏的雪地，蜷缩的枯叶，打碎的碗。

我爱这残损的世界，似乎比爱完美更多些。我明白，于万物当中，爱草木，爱虫鱼，爱天空大地，乃至爱高于人类之上的存在，却并不困难，爱人才是最难的。不是说爱人类，是说爱人，爱一个个具体到眼睛鼻子的人。不是在千里之外爱他，是在身边爱他，爱吃喝拉撒的他，七情六欲的他，爱一直向下堕落的他。这个时候，我说的与万物恋爱，已走出了狭窄的山谷，而水天一色了。

与万物恋爱，只能是这样。爱具体的事物，单个的人，把人类当作个体来爱。用恋爱的方式，与世界保持联系，世界不是他者，所有的存在，只是你和我，一对一，面对面，我永远不会转过身去。

目　录

第一辑　人间

与一盏灯说说话　3
孤单又落寞地走着　4
耳朵里的鸟鸣醒了　5
在呢在呢　6
年轻时一颗不安的心　7
明亮的夜晚　8
拉着妻子的小手　9
日出日落的经文　10
阳光斜斜地照进来　11
那天抱你的时候　12
总有这样的时刻　13
一楼东户的爷爷　14
何其幸哉　15
卖萝卜的人　16
初愈　17

小小的庙里 18

放个风筝呀什么的 19

收废品的老人 20

两只脚钉在原地 21

你是你 22

那时候 23

见面的第一天起 24

这样的女子 25

少年的我 26

有时会傻傻地想 27

黎明提着一颗心脏 28

云水 29

杜鹃 30

雨中的海棠 31

桃花知道吗 32

天外消息 33

秋山 34

天空刚刚飘起了雪花 35

那个断了左腿的男人 36

黄昏的拾荒老人 37
就这样抱着 38
夏夜 39
红色的桃木梳子 40
海棠树下 41
秋风起了 42
水边草地上 43
如果我养一只小狗 44
一间屋子小得像只盒子 45
女儿喊我吃饭了 46
生活它不会放过我们的 47
一转身碰翻一只花瓶 48
桃花开了 49
春夜 50
爱你的时候 51
瘦小的妻子 53
我只想好好干活 54
妈妈死了 55
春天经过麦苗的墓地 56

给自己缝制寿衣的奶奶 57
花儿与蝴蝶 58
绿色的小想法 59
一棵树在原地流浪 60
孩子的坟墓 61
妈妈身份证上的名字 62
寺院里的桃花开了 63
花树底下诵经 64
植物是太阳的女儿 65
春雷隐隐 66
春天走过来的时候 67
春天割破了手指 68
绿色的夏 69
我来看你了 70
海 72

第二辑

梦里

清白的溪水中洗手 77
一块宁静的悲伤 78
死者，生者 79
沉默的蓝色之夜 81
我的身体里住着一只小兽 82
鱼在水中流泪 83
把眼泪掉在米饭里 84
泪水洗过的眼睛 85
独处的荣光 86
死亡练习曲 87
月亮没有骨头 88
白茫茫的雪中 89
春天的三万六千个毛孔 90
安 91
那么 93
爱没有完成的时候 94
大地的肚子里有了动静 95
相识 96
山水的印章 97

山雪 98
我，下你的海 99
生活的软刀子 100
你是谁 101
生老病死我都在这儿 102
镜子里空无一人 103
白色的答案 104
月光明亮的时候 105
一朵花想起另一朵花 106
干净是一件危险的事 107
春天是犯病的季节 108
春日适合怀孕 109
秋日的黄昏 110
未来已敲过我的窗户 111
佛身上的一场雪 112
月光知道它的下落 113
如果你掉了什么东西 114
月亮的白陶罐 115
阳光是完全的赤子 116

思想者 117
生命的火 118
拨开水的身体 119
荷花开悟之后 120
把天空装进一只瓶子里 121
春天打开万物的身体 122
黎明只掀开一角 123
你是洒出来的那一滴 124
夏天找到了一棵树 125
你的光已灌满我的全身 126
宇宙真是个大块头 128
一朵会思想的云 129
早晨的白驹 139

写给自己的话 159

第一辑

人间

与一盏灯说说话

托在手心的红草莓
每一颗
都是春天的小心脏

那些信誓旦旦说过的话
真挚又动人
如今都不算数了

夜深了
与一盏灯说说话
就是与菩萨说说话
两只空杯子放在一起
明日清晨
它们会靠得更近些

孤单又落寞地走着

一个人活到了八十岁

有些事

也不过刚刚开始

把碰见的每一只蝴蝶

都当作春天的第一只

就这样

孤单又落寞地走着

仿佛一直走下去

就能走到天边似的

耳朵里的鸟鸣醒了

耳朵里的鸟鸣醒了

屋瓦上还残留着薄薄的雪

如想念一间小屋一样

想念一个叫小屋的人

昨天的雪人不见了

在呢在呢

小时候村里的两个傻子

都喜欢找我玩

姐姐总说我不在家

我说在呢在呢我在呢

就从屋里跑出来了

年轻时一颗不安的心

年轻时一颗不安的心

全世界哪儿都放不下它

好几次终于没有死成

渐渐长大的女儿

说我比年轻时长得好看了

明亮的夜晚

明亮的夜晚
趴在床上看书的小人儿
一只脚玩耍着另一只脚

新换的马桶又白又漂亮
迫不及待地
上去坐了坐

拉着妻子的小手

怀孕的妻子是两个人
体温略略升高
脂肪微微厚实
两只手放在腹部
叫日子各就各位

拉着妻子的小手
闲逛路边的早市
碰见了就买点什么
又回到了恋爱时候

日出日落的经文

薄薄的春天

厚厚的冬日

命运和我

各自做各自的事

生活是日出日落的经文

红口，白牙

白纸，黑字

阳光斜斜地照进来

曾经亲密无间的友人
都一天天生分疏远了
不愿见人，不想说话
阳光斜斜地照进来
明亮得有些不应该
就算把命运攥在手心
也不能使我快乐起来
莫名的落落寡合的样子
有一天会厌倦了吧

那天抱你的时候

那天抱你的时候

浇花的水瓶无处安放

你双手把它捧过头顶

我相信绿色裙子的夏日

蜻蜓的翅膀一朝打开

至死也不再合拢

它立过的荷花有许多芳名

每叫出一个

香味会略微不同

总有这样的时刻

总有这样的时刻

说什么都不合适

沉默也不合适

抱着两只大手来回走着

仿佛那手不是自己的

一楼东户的爷爷

一楼东户的爷爷

今天一早，竟拄了两根拐杖

笑着说

说自己是只四条腿动物

然后把茶色的墨镜

反戴在后脑勺上

何其幸哉

病坏到了一定时候

隐隐地

自己也盼着某一天的到来

觉得随时死去

也没有什么好抱怨的

并不是因为厌倦了什么

吧嗒一声

燕子把它的鸟粪

撒在我左边的衣领上

何其幸哉

又一个春天来了

卖萝卜的人

清晨路边的早市

稀稀拉拉地散了

卖萝卜的人

拿萝卜在地上写字

一抬头

看见我笑了

菜地里新拔的萝卜

连泥巴也卖给我了

新鲜的泥巴，值这个价

红萝卜红

白萝卜白

有雪花从天上飘下来

初愈

病好得早了些

吃剩的药片

有点小可惜

大病初愈又下雨的日子里

把发热的脸颊

贴着冰凉的窗玻璃

觉得一辈子不说一句话

也没有什么不可以的

小小的庙里

白手套掉了一只

另用一只黑的来配它

小小的庙里

给菩萨磕头

磕着磕着

忘记许什么愿了

放个风筝呀什么的

晴空万里

两只蝴蝶飞舞着交尾

可惜我不会

我会在燕子回来之前

在逐渐升高的天空

放个风筝呀什么的

收废品的老人

一朵野花

打开它神圣艳丽的祖国

收废品的老人

半卧在废品堆里睡醒了

初升的太阳微微晃眼

只是迎着它走

心中就充满了希望似的

两只脚钉在原地

跟别人拥抱，会笑

和你，会哭

离别的话，想着我先说来着

你突然说出来了

久久地，两只脚钉在原地

几百颗心脏，全部熄灭

你是你

面馆的姐姐手烫了

不认识的面馆的姐姐手烫了

手烫了还要擀面

你心疼得差点哭出来

然后跑了

没有人知道

你的生父姓刘，养父姓董

你却生生地随了李姓

而一只小狗的鼻子

小鼻子

就能分辨出你独有的气息

虽千万人，你是你

那时候

那时候
两个人挤在一盏灯下
读同一本书，头碰在一起

那时候，恋爱就是写信
一封一封
写长长的信
直到有一天，越写越短
最后只对着空空
一张白纸

那时候无端地相信
四季里永不碰面的花儿
都互相听说过彼此
那时候雨下了整整七天
衣服也淋湿了七次

见面的第一天起

见面的第一天起

你做的每一件小事

都像在告别什么

离别的时候

我们说天气不错

仰脸天空就飘起了雪花

没想到

第一次，竟也是最后一次

前世未了的情义

今生又一一错过了

这样的女子

打湿的鞋子互不相识

凌乱的脚印卿卿我我

他的病可是一辈子的病

却还是嫁给了他

这样的女子

竟也被狠心辜负了

无边的心思如青草

身体是羔羊

还有些事情要做

就只是默默去做

不去想能改变什么了

少年的我

光的飘带

水的袖子

我还不想这么快

就恋爱上谁

给自己写了一封长长的信

放进树洞里，第二天来取

少年的我

曾经是这个奇怪的样子

无缘无故的

好像是个孤儿

有时会傻傻地想

生病的事，总觉得以冬日为宜
尤其是白雪皑皑的时候
身体上多些不适
我也是不太介意的
我甚至，不愿意
用这一身的病苦和衰老
去交换一个年轻的健康和早晨

像我这样的人
身体里流淌的血液
如果是蓝色的或者白色的
似乎也不必奇怪
这一刻幸福得什么似的
另一刻却暗自神伤了
有时会傻傻地想
万一哪天就死了呢

黎明提着一颗心脏

黎明提着一颗心脏

黄昏把身子压得更低

心总要狠命燃烧一下

才配得上一把灰烬

世间最小最卑微的事物

都值得倾注一生

一生里日夜打磨

用掉一寸寸光阴

云水

把山赶入云中

把云赶进水里

水的天空，天空的水

鱼游，鸟飞

无所凭依

杜鹃

杜鹃花开了，杜鹃鸟叫了

问那个名叫杜鹃的女孩

谁是谁变的呢

它白得纯粹，你红得决绝

甚至在相识以前

就已经爱上了

雨中的海棠

雨中的海棠

弯低了身子

看自己的花瓣粉粉白白

满满地掉落一地

这样的一天

仿佛也一直盼望着似的

桃花知道吗

来不及躲闪

一条山路

迎面撞在桃树身上

我分明听见

每朵花儿的绽放

都是一场

小规模爆炸

闰三月，闰三月

桃花知道吗

天外消息

水边

会思想与不会思想的芦苇

长在一起

做了大苇莺的巢窠

窗下

清晨的鸟鸣声中

舍不得睁眼

以便能成为它们其中的一个

清晨白蒙蒙的雨丝

仿佛也生了茸毛似的

蜗牛透明的触角

接收到一个天外消息

秋山

秋天的手掌合捧
盛满彩色的诺言
掉落在地上的松果
每一颗都是
空了的小小心脏

一个人
对着空山喊
喊你的名字
喊——
只喊出一半

天空刚刚飘起了雪花

你在窗内，小鸟在窗外

你们隔着透明的玻璃

一定说过些什么

天空刚刚飘起了雪花

我就开始失恋了

那个断了左腿的男人

两百块钱，他数了三遍
手指也充满了爱意
觉得自己是个富有的人

那个断了左腿的男人
哼着一首欢快的歌
路边的天空
仿佛也低了一下

黄昏的拾荒老人

黄昏的拾荒老人
用肮脏的大手
把半只苹果的小脸
擦得更黑更疼了

垃圾箱里
翻出来一面鲜亮的国旗
红艳艳插在三轮车上
歪歪斜斜

就这样抱着

就这样抱着

宝贝，我在

就这样抱着

宝贝，咱回去了

伤害你的事

一件一件，都让我来做

别人做，我放心不下

小小的死亡，是最后的花朵

或许，也是最初的

转过山口，就看见那棵树了

夏夜

夏夜里的萤火虫

每一只

都是一场小小的火灾

躲在厨房里流泪的女子

终于哭出声音了

细细长长的红筷子

掉在了地上一支

一边抱怨着，一边又想

事情已经开了头

就随它这样那样也罢了

红色的桃木梳子

佛头上拉屎的白鸽子

咕咕地念经

全然是清白无辜的样子

也只有月亮知道

剃光了头发的女尼

珍藏着一把

红色的桃木梳子

在小小的木头箱子里

海棠树下

清明的阳光

安静得仿佛一只蝴蝶

我分明感觉到它小小的重量

花开的时候有点疼

海棠树下，碰到的每个人

都曾经在哪儿见过似的

秋风起了

只因为吃了太多的苦

才笑成今天这个样子

秋风起了

我只想轻轻抱住一个人

水边草地上

水边草地上
女儿学大羊叫学小羊叫
大羊和小羊都看她

两只手趴在草地上
女儿不吃草，她假装吃草
大羊和小羊都看她

如果我养一只小狗

如果我养一只小狗

就和它共享一个名字

若养两只

就把我的名字拆开

送给它们

每一条小狗都想拥有自己的名字

有名字的小狗是有灵魂的

一间屋子小得像只盒子

头上的青草

已经被秋风吹白

帽子的屋檐，压得更低了

一间屋子小得像只盒子

空空的盒子里

一粒豆子靠近另一粒豆子

女儿喊我吃饭了

多么奇怪

身体里每天都发生着生死

却仿佛与我无关

就在死亡里面

爱，依然是跳动的蓝色火焰

活着，多么奇怪

我是我，多么奇怪

我爱着的事物扑朔迷离

女儿喊我吃饭了

生活它不会放过我们的

饿了，熬饭

病了，熬药

苦了，熬日子

一个病人看护着另一个病人

一个老头喊另一个老头爸爸

感谢上天

生活它不会放过我们的

一转身碰翻一只花瓶

大山里待的时间久了

渐渐地懒得说话

身体的庙宇干干净净

一片云寂静无声

就这样

活着，小于一

爱着，低于尘土

却在见你的第一天

一转身碰翻一只花瓶

桃花开了

桃花开了

肚子饿了

出家的僧人想恋爱了

觉得吹个口哨稍稍有点轻浮

却还是吹起口哨来

花儿落了一地

树就放下心来

月光明亮的晚上

偶然就碰上了

春夜

春日的夜里

屋顶上有猫儿打架

咣啷一声

不小心蹬下一片瓦来

摔碎在空空的院子里

月光也动了一下

月光只动了一下

爱你的时候

爱你的时候
眼睛太少，我长出第三只
耳朵太短，我使劲伸长
我浑身的感官都在等待
毛孔已全部张开
一切与你连接的也与我连接
你不仅仅是你，你意味着更多
我体内的每一根神经，春风都一一跑过
就这样，开了杏花，开了桃花
暗暗地，一直想对你做点什么

爱你的时候
时间太少，呼吸不够
我化作分身万千，我借来生前与死后
在天空之上，在深渊之底

爱你的时候
黑天白地，时间停止
爱是最高的性感，你是最大的秘密

爱你的时候，我想一直活下去
爱你的时候，我愿意死
爱你的时候
我觉得自己不会再爱上别人
私下里给你起很多小名
好让我千姿百态地喊你
爱你的时候，爱的反面仍然是爱
想和你一起种下蔷薇
让它们年年爬满墙头
爱你，生生
爱你，死死
爱你的时候
你的名字白成月亮
愈是圆满，愈是孤独

瘦小的妻子

瘦小的妻子
开始穿女儿不穿的衣服了
远远地望去
我像是养了两个女儿
手拉手，站在苦楝树下

从前面抱抱这个
从后面抱抱那个
我深信不疑
妻子的肚子里面
我还有一些女儿
她们是不打算出生的女儿
我仿佛也爱着她们

我只想好好干活

四月，弯下它忧伤的天空
年轻，是我体内的异物
一只小魔鬼，穿了两只
不配对的白鞋子
它吃掉自己的手指
又开始吃掉脚丫
它坚决不吃别的东西
只吃掉自己光明的身体

年轻是一场灾难
美丽的灾难
我不想再来一次
一日三餐，我只想好好干活
一砖一瓦，一木一石
垒筑起一座小小的房子

妈妈死了

妈妈死了，我有点害怕
我不敢和她待在一起
我害怕任何响动
害怕她万一活过来

妈妈死了，她躺在那儿
身体小得像个孩子
等着她妈妈来领她
也许是吧，或多或少
死亡也总在完成些什么

春天经过麦苗的墓地

春天经过麦苗的墓地

放慢了花儿的脚步

一只山雀怎样谈论我

我不能毫不在乎

给自己缝制寿衣的奶奶

给自己缝制寿衣的奶奶

当初的嫁衣

也是她亲手缝制的

每一次

都扎破了手指

花儿与蝴蝶

植物是春天的先知

细细地吐出叶子

没有香味的桃花

也凑上鼻子来闻闻

一边活着，一边死去

花儿与蝴蝶

谁是谁的分身

绿色的小想法

柳条开始柔软的清晨

每一粒尘埃，都生出了

绿色的小想法

味道好闻的花瓣

想摘一片吃一口来着

红口，白牙

每每是春天

总觉得错过了什么

一棵树在原地流浪

一棵树在原地流浪

每一片叶子上面

叶脉都画出树的轮廓

我只想问问

这一片叶子凋零

那一片叶子知道吗

孩子的坟墓

孩子的坟墓

也是坟墓当中的孩子

小小的

不再长大

妈妈身份证上的名字

妈妈身份证上的名字

生前与死后

从没有被人叫过

仿佛那是另外一个人

与她无关

寺院里的桃花开了

寺院里的桃花开了

端坐在神殿里的女菩萨

身子也微微向前倾斜

像这样，说观音长得好看

春天，会治我的罪吗

花树底下诵经

满树的桃花
每一朵都想离家出走
小和尚也想恋爱一下

花树底下诵经
红嘴唇的花瓣
也落在经文上面了

植物是太阳的女儿

植物是太阳的女儿

她把光，一点一点

搬运到自己的身体里

她绿色的身体里有河流

河流万千，水往高处流

从根须，到枝叶

潮水涌动，万马奔腾

最后在叶子上纵身一跃

跃入云的浪花，天空的海

春雷隐隐

春雷隐隐，是天空的胎动

蜜蜂忙东忙西

蝴蝶无所事事

第一只返回的燕子

恰似黑色的闪电

把空气划破一道口子

春天走过来的时候

春天走过来的时候

大地微微晃动

手上割破了口子

却慌乱着说谢谢

春天割破了手指

春天割破了手指

空气擦疼了皮肤

不必一个结实的理由

也一路活到今天来了

绿色的夏

阳光明亮，树影斑驳
空气中弥漫着苦楝的香气
我知道是夏天来了

绿色的夏
鸟鸣是绿色
指尖是绿色
喊出的名字也是绿色
我把屋子收拾干净
只等着阳光照进来

我来看你了

我来看你了

我一个人来的

你死了，我才能离你这么近

好像你死了之后

我们才刚刚相识

你死后很长的日子里

我什么也长不出来

我要一次次确认

我活着，我是我

上帝应许了生，也应许了死

更应许了爱

而生命的每一天

都在散失

天空全部的白蜡烛

我单单点燃了一支

我来看你了

再没有一个鲜活的肉身

走来走去

在我橘子的房间里

海

不叫你海洋，不叫你大海
今天我一字一音，轻轻地
喊你——海

你是掉在地上的另一片天空
阳光在海水里游动
竟也有游不到的角落
你浩荡的身体里
漂浮着五十万亿塑料微粒
每一粒都有毒，都不能吃
每每想起，我也仿佛一口吞进了肚子
吐也吐不出来
你一半的珊瑚已停止了呼吸
只剩下白骨累累
我担心你的鱼没有鱼吃

担心哪一天，你的忧伤不再是蓝色

即使住在海边
你仍是我最为遥远的事物
一滴不漏，保存着生命的原始密码
看那边冲浪的弄潮儿
与波浪上下起伏，随波起舞
他不是征服者，而是恋爱者
他要来成为一道水波，一条水波中的鱼
而我只是在海边走走
问你早上好，听听你的声音
心事重重的时候
让你打湿鞋子和裤角
吹乱衣裳和头发

即使一生都无缘谋面
你和我，以及万物之间
也以某种未知的方式
遥遥又细细地神秘相连

这样想着的时候

觉得自己在爱着什么

第二辑

梦里

清白的溪水中洗手

四季的花花草草

皆可入药

好像说我们都是病人

青黄的一片树叶

落在我单薄的肩头

悠悠地

像是一场小小的葬礼

清白的溪水中洗手

把双手洗到透明

云在半空

收集思想的尘埃

与爱的水分

最后却心事重重

一块宁静的悲伤

玉的身子，金子的心

月亮的乳房，花瓣的嘴唇

一块宁静的悲伤

沉甸甸压在心底

光中之光，再一次生

水中之水，再一次死

死者，生者

密密麻麻密密麻麻
在墙上
死难者的名字
没有人能够一一念完
每一个名字里面都有一个人
都是一团血肉
其中的一个
突然一亮，突然一黑
它咚咚有声，锤疼我的头颅
一个与我重名的人
替我死过，却没有面孔

兵荒马乱的年月
天空弯曲，光线断裂
泪，流出更多的泪

血，流出更多的血

死了一个人

还会死更多的人

原来我也是一个幸存者

一个与我重名的人

替我死过，我却不能

替他活

沉默的蓝色之夜

沉默的蓝色之夜
生出一个白色的黎明
虚无的门口
荒诞的白马一闪而过
事物一经说出
便有了影子
黎明时分，半醒的梦
也微微发白

我的身体里住着一只小兽

左边，右边

有斑鸠的叫声

我的耳朵长长了三寸

鼻子嗅到了桂花的香气

也被它的香气捉住

在声音和气味的世界

我的身体里住着一只小兽

无善无恶，目光单纯

记忆起许多恍惚的东西

鱼在水中流泪

和一只青蛙一起

看月亮

寂寞是水，孤独是干粮

鱼在水中流泪

没有人看见

一个地方住久了

多多少少也成了故乡

把眼泪掉在米饭里

珍贵的瓷器

愈是光滑洁白

愈是渴望着破碎

这样的想法

到底是什么意思呢

把眼泪掉在米饭里

一粒一粒吃

头也不抬

抽泣的鼻子

一样地

也闻到茉莉的香气了

泪水洗过的眼睛

曾经玩笑着说
某一天你会突然消失
今日果然应验了

是眼睛不听话
是眼睛又想哭了
泪水洗过的眼睛
渐渐有光亮跳出来

独处的荣光

黄昏的路口

老人用拐杖指路

木叶在掉落之前

也并不招呼一声

独处的荣光里

一呼一吸

都有了纯粹的感恩

我并不介意

沿着梦的脚印

捉住一个陌生人

死亡练习曲

死亡

仿佛一直都是别人的事

别人的死亡

原来都是

自己的死亡练习曲

白手套掉了一只

只掉了一只

如果棺材只有火柴盒大小

死便不再可怕

就好像放进一粒红豆子

月亮没有骨头

寒白的霜粒

薄薄地摊开一条小路

月亮没有骨头

微白，微凉，微苦

白茫茫的雪中

冬日的白鹅

在寒冰上啄食雪粒

雪人背起自己的扫把

一个人扫雪去了

白茫茫的雪中

突然地

一个喝醉的男人明亮地哭了

他喊了一声妈妈

春天的三万六千个毛孔

青草味的空气

微微裂开一个口子

花开到最后，就捧出了心脏

杜鹃一声声鸣叫

天空一层层打开

春天的三万六千个毛孔

每一个里面，都有我

我跑出我的身体

跑到我前面去了

你看见了吗

我没有身体，只有翅膀

你看不见我

我没有翅膀，只有飞翔

安

手上有活儿

心里就安了

心里就安了吗

生而为人，即使欢乐

也包含着几许莫名的悲哀

生命是一座庙宇

死亡是另外一座

就算上帝死了

我也穿过了昨日的落英缤纷

直跌进你的纷纷大雪

你知道我

想和你死在一起

埋在同一棵树下

生我养我的故乡也不必回去了

我弯曲手指，轻叩房门

等待一个允诺的声音

并不介意，明天再来

那么

如果生命只是死亡落下的东西

如果死亡也并不安全

如果黑色的闪电击中白色的人间

如果必须用舌尖品尝蓝色的火焰

如果恋爱的鱼藏起它思想的刺

游在水里，游在天空，游在时间的边缘

爱没有完成的时候

世界的起源是爱
本质是泪水
我们抱在一起哭
也是各自哭各自的
而水中的月亮无心可猜
并没有弄湿自己

爱没有完成的时候
爱得越多，越趋于完整
而心中的火焰
说出来都是灰烬
唯平淡的日常是流水
静水流深，里头有大鱼
就是现在
就是这里
就是你

大地的肚子里有了动静

女娲补过的天空

天衣无缝

星星的火种，保存在夜空

山雀和田鼠都是灵敏的感官

大地的肚子里有了动静

未生的和已死的

都在我的骨头里咯咯作响

恋爱的人背影发绿

手心里长出眼睛

听——

花儿开口，在叫卖春天

一切都来得及

一切都不必完成

相识

一个名字
在等一个人
啪的一声，合上了

人还在千里之外
把名字放在一起
让它们先认识一下

山水的印章

窗外的山，微微点头

雨中的树，默默等待

转身的人，涌出了眼泪

流水的时间，它停了一下

留下的人，和离去的人

都是山水的印章

偏于一隅

暗暗地红了

山雪

这场山里的飞雪

是你的分身万千

两手空空，阳光刺眼

仿佛一场遭遇战

我，下你的海

生活的汪洋大海
大鱼和小鱼
都不是淹死的
我的小小美人鱼
你，不必登岸了
我，下你的海

有一天
如果海水枯了
我就用眼泪来养鱼
如果石头烂了
就让它蹦出一只小猴子

生活的软刀子

生活的软刀子

慢条斯理

划开我们的面孔和身体

你吃的苦，我再吃一遍

你受的罪，我也受一回

生活中的我

也许只是我的一个影子

像模像样，用一半自己

打捞另一半自己

而大海的泪水打湿了小小人类

巨大的死亡面前

我抱着你

看半截烧黑的树桩

等一个彩色的孩子

你是谁

我的名字
你叫一下，它就软一下
你叫一下，它就亮一下
你叫一下，它就疼一下
你是谁?

我来这世上已经三次
第一次你未降生
第二次你已死去
第三次
仅仅谋得一面，就匆匆嫁人
你是谁?

生老病死我都在这儿

海枯石烂，我知道了
山崩地裂，你还好吗
生老病死我都在这儿
把一切短暂的事物
当作永恒来爱

一只虚无的妙手
拨动阳光的琴弦
剥开的一只橘子
安放在苹果旁边
寂寞的气味多么缓慢
上天安排了一件事
还会安排另一件

镜子里空无一人

曾经受伤的地方
纷纷开出了花朵
像这样草木萌动的时节
悄悄地一个人死去
仿佛是出远门去了

比之于生
死，也许更为辽阔
生死之间，一开一合
最后，连时间也走不动了
倒在虚空里
我站在镜子面前
镜子里空无一人

白色的答案

鸟儿叫了

窗户亮了

口中说不出的

眼睛里都流出来了

彩色的问题

有了一个白色的答案

清晨变甜

房子变轻

空气变薄

每一个想法

都在漫出自身的边界

月光明亮的时候

月光明亮的时候

寂寞也明亮起来

名字已经很旧了

再没有新鲜的人喊它

用什么来了此一生呢

灵魂越来越轻

肉身越来越沉

当那人一觉醒来的时候

蝴蝶也醒了

一朵花想起另一朵花

一朵花想起另一朵花
想着想着就飞起来了
我试着去参与花朵的绽放
去感受一只昆虫的生活
皮肤上摊开的阳光只薄薄一层
耳朵里收集的鸟鸣，在手心里数
数出来七种颜色

一朵花想起另一朵花
大地缓缓隆起，天空微微倾斜

干净是一件危险的事

太阳光着身子洗澡

月亮只洗净头发

谁都知道

干净是一件危险的事

干净是一件危险的事

谁都知道

黑瘦枯干的冬天

幸亏有雪的白身子

春天是犯病的季节

春天是犯病的季节

就在这里，就是你

只一把尘土里头

隐藏着万千生死

单单的我，与独独的你

只为了等候一次连接

就不怕

黄昏的人，只是个影子

有光飞进，有蝴蝶飞出

最初，也是最后

有泠泠的水声

你是，我是

春日适合怀孕

春日适合怀孕

怀上一个女儿

身体稍稍不适

其中又隐隐欣喜

凉风细细，柳芽清苦

一不留神就错过了花期

春日里做个男人多么丑陋

一举一动都不合适

秋日的黄昏

时间一圈一圈

将我束紧

秋日的黄昏，可以埋人

然后有小口裂开

有蝴蝶不请自来

一对是梁祝

单只是庄子

未来已敲过我的窗户

月光下的一对乳房
多像是两只坟墓
小小的坟墓
让永生一文不值

我想离开你
只为了
给你写信，在信里想你
我想失去你
只为了
为你流泪，为你伤心
月光底下
未来已敲过我的窗户
人死了
留下的名字
会不会哭？

佛身上的一场雪

佛的真身里面

住着一个空

取出一个，还有一个

佛身上的一场雪

往地上落，也往天上落

月光知道它的下落

太阳的火，熔化了时间

月亮的水，打湿了眼睛

地球是天空诞下的鸟卵

月光知道它的下落

如果你掉了什么东西

光的春天

正眯着如线的细眼

水的春天

就漫过来了

如果你掉了什么东西

请来我这里找找看

月亮的白陶罐

红的黄的叶子

带着一生直往地上掉

一件尚未完成的事

还在向外流出汁液

月亮出土的白陶罐

微微地倾斜身子

把积攒在心中千年的月光

一点一点吐出来

阳光是完全的赤子

虚构了生活

也虚构了世界

甚至

虚构了自己

没有一个人

活着，爱着

是以他本来的样子

只有阳光是完全的赤子

除了照耀

它什么也没有做

而我的身体像只刚摘的苹果

被明亮的刀子，沾着水滴

一下子切开

思想者

一棵生病的树

一朵枯萎的花

近乎

一位思想者

生命的火

生命的火，我只能守护一阵子

余下的漫长时间

我用来，守护死

白白地活着，也白白地死去

从白到白，从未知到未知

一只蝴蝶扑进我恍惚的身体

一只仿佛的手

点亮了满天星辰

吃掉一朵白菊花

并不能增加它任何意义

不过是，一起做过的和没有做过的事

纷纷地，全都一件件想起

拨开水的身体

拨开水的身体

钻进去

听水面在头顶合拢

嘴唇似的亲吻

回返成一条小鱼

游在水的子宫

永恒，不到一分钟

荷花开悟之后

荷花开悟之后

就唤作莲花

不要问

是红莲多，还是白莲多

把天空装进一只瓶子里

把天空装进一只瓶子里

我——

比世界大，比种子小

我穿过的旧鞋子

有一天

会自己跑到街上去

春天打开万物的身体

春天打开万物的身体

取出光明的孩子

时间柔软，石头流泪

疼痛经过枯木

也有了怀孕的样子

黎明只掀开一角

树上的鸟还在恋爱

树下的人，已然成佛

黎明只掀开一角

全都亮了

你是洒出来的那一滴

日月的目光
拥抱着小小地球
手心的光明细细发芽
吹散的星辰重新聚拢
日和月，在天空碰杯
你是洒出来的那一滴
奋不顾身
要到灯火的人间去
遥遥地，互相看见
做一回小小人类
第一天，金光闪闪
第二天，银碗盛雪
第三天，铜绿绣花
之后是铁锅熏黑的日子
满面尘土

夏天找到了一棵树

夏天找到了一棵树

一双手

沾满阳光和虚无

并没有约定

我只是等

等候是一朵莲花

把夏天开得完整

你的光已灌满我的全身

你爱我，无缘无故

你爱我，无始无终

白白地，你把祝福的雨水

全倒在我身上

我只能领受，不可能失去什么

你的光已灌满我的全身

说——

爱，就是爱一切

每一个男人

都是我的父亲、儿子和兄弟

每一个女人

都是我的母亲、女儿与姐妹

除了爱，还是爱

在爱中，确认自己

走向更高的存在

如果有永生

活着的时候，永生就已经开始了

宇宙真是个大块头

“对宇宙而言，

人的生命并不比一只牡蛎更重要。”

年轻时，这句生生刺疼我的话

此时此刻，却深深地安慰着我

如果我比一只牡蛎更重要，牡蛎怎么办？

如果我比你更重要，你怎么办？

宇宙真是个大块头

它何时结束？

我想走回来看看

一朵会思想的云

1

一只废弃的旧水缸

扣过来

放在墙根的凌霄花下

石缝里钻出来的野草花

寂寞又明亮地开了

2

丢弃在路边的桃花枝

被另一只小手捡起

就仿佛是春天

又活了一回

3

风在山里的时候

印着花纹，佩挂着鸟鸣

仿佛它喜欢别的事物

比喜欢自己还多些

4

一个下午的阳光

想邀请你来

你来了，我们仍然

各自做各自的事

然后呢

口小肚大的酒坛子

就空了

随手插进的两支野菊花

一支开了，一支没开

5

然而——

如果思想也是一朵云

它会变轻吗，会变白吗

它不安身，也不立命

只在承受不住的时刻

凝结成时间的雨滴

打

下

来

它是尘，也是水

它抱住光，也让光穿过

一朵会思想的云

一定是爱上了什么

6

一只宽檐的帽子

接住了月亮

然后再送还给天空

泪水不在眼睛里

我的泪水

灌满掏空了五脏六腑的躯体

只一走动，就泼出来

水，水，全是水

7

但是你看

破败的房屋

影子歪倒在地上

比它本身还要好看些

8

抬起头向上仰望的时候

眼睛里一闪一闪的

是火花，是水花

已经分不清了

孤独着，热爱着

也只能是这样罢了

9

每一个微乎其微的小存在

都庄严，彻底

一定是神性，闪耀其中

10

响亮的决定，明确的爱

一生都给出去了

什么和什么，怎样又怎样

是该好好哭一场了

哭一哭，可真舒服

问春天没有开出的花朵

也受到祝福了吧

早晨的白驹

1

你从天上掉下来

你掉下来之后
天空就彻底空了

2

你且来引领我，引领我向高处迈进

你是天空的女儿，你来决定

我们的早餐什么时候开始

是一滴露水，还是一小碗光

3

我把思虑放在一边

看你的长发飘扬

你不必知道我是什么意思

我也不去思想

一时间，身体比灵魂还轻盈

4

我的眼睛里有天空

肚子里有海洋

我的身体里草木葱茏，百兽欢畅

此时，此地，此心

万物在此碰面

把酒杯高高举到空中

5

我不怀疑自己

和一头熊一棵树一片云之间

也有着某种亲缘联系

我一生所向往的

就是融化在什么东西里面

比如空气，比如海水，比如呼吸

6

来，就在这棵树下

你和我

我们做一些与世界无关的事

时间弯曲

我的童年，你重新参与

生活太杂乱

我们一起做减法

7

我

对世界关闭了，像一块石头

对你亮开着，如一道伤口

8

黑暗中，我们一起走

伸手不见五指的黑暗

我们用声音摸索对方和道路

我必须信任你

仿佛黑暗信任光亮

9

最担心的事情还是发生了

非如此不可

我不能哭出声

我三次追问自己——

孤独，你配吗?

苦难，你配吗?

死，你配吗?

10

幽幽的灵魂显现了

它一显现，我就知道是它

它没有性别，也从不长大

它附身于草木、鸟兽、月光与流水

围绕着你而存在，它和你一起

在天地的手掌中游戏

我不必与它交谈，一眼便知

11

我舍不得睡去，或者说

我睡着的时候也一直醒着

我的记忆向两边延伸

连接起过去和未来

一切都不曾改变

一切都鲜活起来

12

黑夜破了一个口子

放出一匹早晨的白驹

光之书

已翻到这一页

仍然是薄薄的一本

读光的女孩，捧着手掌

合上，又打开

恍惚有一只蝴蝶扑闪着翅膀飞出来

13

我是谁?

答案未必非在人类当中来寻找

问题是问题

答案是答案

如果你继续追问

我就说，我很好

14

这世界，男人是完全多余的东西

男孩吗？先记下

长大后，再一并驱逐

光生光，水生水

让女孩和女孩在一起

15

太阳照亮的一切

月亮还要再照亮一遍

水做的篮子，光做的网

有谁在尘土之中，过水的日子

16

存在，没有目的，无须意义

单单是存在本身

过去在此，未来在此，永恒在此

裂开的心，涌出一泓泉水

17

生活要生，要活

生活到处都是

我爱单数的人，小写的人

稍纵即逝的人

18

我的心中有一个空白

空着的白，白白地空着

一切试图填满的努力

都是美丽的徒然

我的一生

主要由不曾发生的事物来构成

也许在某个地方，有某个人

比我更像我

19

把天空摊开

像摊开床单一样

万里无云的天空

连落在上面的光也轻轻掸去

20

我根本不想要更多的东西

我把自己腾空，是要等你来

有些事，我不相信

你说了我也不信

但是，亲爱的，你就说吧

你看着我的眼睛说

写给自己的话

你就是一个写诗的。

写诗的，想着把诗写好，这是自然而然的事。一门心思地想着把诗写好，并不去热衷诗歌以外的事，这是我喜欢你的地方。而如果活着，就只是想着把诗写好，认为自己的诗，比天高，比人大，除诗之外，一切都放在一边，抛在脑后，这样的写诗，我害怕了。却想起多年以前的你，也曾是如此这般的人。

对于写诗，你一向是认真的，从来没有游戏过。你明白自己不是那种天赋极高的人，甚至可以说是拙于文采，不过是笨头笨脑，埋头于文字织就的精神世界，恋之爱之又心甘情愿罢了。这样也好，你的才华还没有多到可以横溢，技巧也没有熟练到足以拿出来炫耀，笨拙的人自有天幸，终不会被聪明所误，更多的时候，你心怀感激。

其实吧，所谓的妙笔生花，那生花的并非妙笔，而是握笔的手，是长出手来的血肉之躯。你没有去过时间的深处，生命的源头，以及雪山的巅峰，你不了解任何秘密，却仍然确信，文字的根，在人，而文字本身生出的文字，总是要枯萎的。

你自己是如此钟情于诗，甚至在生活当中，除了写诗，你近乎一无是处。但仍要知道，生命中，应该有比诗更高更大的存在，而你自己，不妨更小些。

写诗的路上，恍恍惚惚，你似乎触到什么了，虽然还会有犹豫，有调整，甚至有折返，却不怀疑。

诗之外，有同样辽阔的存在，甚至更大些。天不早了，你一个人，这就动身起程吧。

我爱这残损的世界

作者 _ 海桑

产品经理 _ 曹俊然　冯晨　　装帧设计 _ 林林　　技术编辑 _ 丁占旭

责任印制 _ 梁拥军　　出品人 _ 于桐

果麦

www.guomai.cc

以 微 小 的 力 量 推 动 文 明

图书在版编目（CIP）数据

我爱这残损的世界 / 海桑著. -- 上海 : 上海文艺出版社，2022
ISBN 978-7-5321-8334-0

Ⅰ. ①我… Ⅱ. ①海… Ⅲ. ①诗集－中国－当代
Ⅳ. ①I227

中国版本图书馆CIP数据核字(2022)第092584号

出 版 人：毕　胜
责任编辑：陈　蔡
特约编辑：冯　晨
装帧设计：林　林

书　　名：我爱这残损的世界
作　　者：海　桑
出　　版：上海世纪出版集团　上海文艺出版社
地　　址：上海市闵行区号景路159弄A座2楼　201101
发　　行：果麦文化传媒股份有限公司
印　　刷：河北鹏润印刷有限公司
开　　本：787mm×1092mm　1/32
印　　张：5.5
字　　数：17千字
印　　次：2022年7月第1版　2022年7月第1次印刷
印　　数：1-9,000
I S B N：978-7-5321-8334-0 / I・6578
定　　价：49.80元